हवलदार बहादुर और तीन अपराधी
चित्रांकन : बेदी
लेखक : विनय प्रभाकर
पुलिस को सूचना मिली थी कि कुछ आतंकवादी गड़बड़ फैलाने के इरादे से शहर में घुस आए हैं। इंस्पेक्टर खड़गसिंह ने पूरे स्टाफ को थाने के मैदान में एकत्र किया था।
हवलदार बहादुर कहां है?
वह तो अभी आया नहीं है सर!
यह हवलदार अपनी नौकरी से हाथ धोकर रहेगा। पूरे शहर में रेड एलर्ट घोषित किया जा चुका है और वह मूर्ख समय पर ड्यूटी पर भी नहीं आया है।
सर! पिछले केस में मिली प्रशंसा ने उसका दिमाग खराब कर दिया है।
तभी-
अबे ओय रतनसिंह! शर्म नहीं आती, साहब से मेरी बुराई कर रहा है।
आ गए तुम...?
हवलदार ने तुरन्त साइकिल नीचे डालकर सैल्यूट झाड़ा।
यस सर! मैं बिल्कुल ठीक समय पर आया हूं। रतनसिंह को अपनी बुराई करते मैंने रंगे हाथों...
बकवास बन्द करो!
...पकड़ा है, जबकि कल ही इसने बीड़ी पीने के लिए मुझसे अठन्नी उधार ली थी।
तो इससे मेरी अठन्नी दिला दीजिए।
शटअप! पहले यह बताओ, ड्यूटी पर देर से क्यों आए हो?

तुम्हें बहाने बनाना खूब आता है। जानते हो, मैंने इन सबको यहां क्यों जमा किया है?
क्या करता साहब? रास्ते में साइकिल खराब हो गई थी। आधे रास्ते मैं इसपर सवार होकर आया और आधे रास्ते यह मुझ पर।
ही-ही-ही! जानता तो नही हूं, मगर मुझे याद है, जब मैं स्कूल में पढ़ता था तो एक बार मैंने मास्टर जी की कुर्सी पर मेंढक रख दिया था। मास्टर जी बड़े जोर से उछले और फिर इसी तरह पूरी क्लास को एक लाइन में खड़ा कर दिया था। क्या आपकी कुर्सी पर भी किसी ने...?
शटअप...!
लगता है, यह भी घरवाली से पिटकर आया है। ही-ही-ही!
इधर आकर लाइन में खड़े हो जाओ।
अच्छा जी!
अब सब मेरी बात ध्यान से सुनें। खबर मिली है कि तीन खतरनाक आतंकवादी शहर में घुस आए हैं और उनका इरादा जगह-जगह बम फोड़कर आतंक फैलाने का है। आप सब लोगों को अपने क्षेत्र में कड़ी निगरानी रखनी है। कोई भी संदिग्ध व्यक्ति नजर आए, उसे तुरंत चेक किया जाए। मैं नहीं चाहता कि हमारे क्षेत्र में कोई वारदात हो।
डोंट घबराइंग सर! आतंकवादी अगर हमारे शहर में दिखाई दिये तो मैं उनका दो टांगों में सिर कर दूंगा। हवालात में बंद करके सड़ा दूंगा सालों को और...!
तुम अपनी बकवास बंद रखो और जो कहा जाए, उतना ही करो।
तुम अंतर्राजीय बस अड्डे चले जाओ। शाम तक तुम्हारी ड्यूटी वहीं रहेगी। ध्यान रहे, वहां कोई वारदात न होने पाए।
ही-ही-ही! ठीक है सर! तो बता दीजिए मैं कितना करूं?

कुछ देर बाद हवलदार बहादुर बस अड्डे पर डंडा बजाते घूम रहे थे।
कोई बम फोड़ने आया तो गोड्डे तोड़ दूंगा साले के।
तभी उन्होंने एक युवक को ताड़ा और-
ओय! इस पैकेट में क्या है?
क्यों हवलदार जी?
अबे, हवलदार से सवाल पूछता है। हवालात में बंद करके सड़ा दूंगा साले। जल्दी बता, क्या है पैकेट में?
एलबम है जी!
"बम" से पहले "एल" हवलदार ने सुना ही नहीं और उछल पड़े।
बम...!
???
हवलदार की आवाज दूर तक सुनी गई थी।
क्या हुआ हवलदार जी?
इ...इसके पास बम है।
न...नहीं...!

तो पकड़िए इसे। कहीं बम फोड़ न दे।
तुम लोग पकड़ो इसे। मैं हैडक्वार्टर फोन करके आता हूं।
लेकिन मेरे पास बम नहीं है।
युवक ने जल्दी से पैकेट का कागज फाड़ा।
यह देखिए, मैंने हवलदार से कहा था कि पैकेट में एलबम है और यह बम समझ बैठे। शायद ऊंचा सुनते हैं।
अरे हां, यह तो एलबम है।
हवलदार ने बेकार ही डरा दिया।
ही-ही-ही! गलती तो इंसान से ही होती है, मगर तुम लोगों ने यहां भीड़ क्यों लगा रखी है? भागो, वरना हवालात में बंद करके सड़ा दूंगा सबको।
यह हवलदार है या कार्टून?
मुझे तो बावला लगे है ससुरा।
हवलदार भी वहां से खिसक लिए और टहलते हुए बस स्टैण्ड से बाहर पान के एक खोखे पर पहुंचे।
एक पान खाया जाए।
आइए सरकार!
पान भंडार
उधर बस अड्डे के भीतर टिकट खिड़की के निकट यात्रियों की भारी भीड़ थी। तभी एक अधेड़ व्यक्ति वहां पहुंचा।
अरे! यहां तो बहुत भीड़ है भाई!
टिकट लेना है तो लाइन में आ जाओ बड़े मियां।

उस व्यक्ति ने थैला फर्श पर रख दिया और लाइन में खड़ा हो गया।
कहां जायेंगे आप?
पालमपुर।
तभी आगे किसी ने बिना लाइन घुसने की कोशिश की और लाइन टूट गई।
अरे! यह क्या हो रहा है?
लाइन से लो भाई!
हम भी तो एक घण्टे से खड़े हैं।
धक्का-मुक्की के बीच वह बूढ़ा भीड़ से निकला और तेजी से एक तरफ को चल दिया।
अपना काम तो बन गया।
टिकट घर
वह सीधा शौचालय मे पहुंचा था।
दस मिनट बाद बम फट जाएगा। इससे पहले मुझे यहां से निकल जाना है।
नकली दाढ़ी उतारने के बाद उसने जल्दी-जल्दी अपने कपड़े बदले और बाहर आ गया।
बस अड्डे से बाहर आते ही वह एक आटो-रिक्शा मे सवार हो गया।
चलो।

उधर पान की दुकान पर
यह ले, एक बढ़िया पान लगा दे।
अठन्नी?
हां। पान में लौंग, इलायची, सौंफ और किवाम भी डाल देना। मसाले और नारियल तो डालना ही, साथ में जर्दा सुपारी भी। गुलकंद हो तो वह भी डालना और...।
ही-ही-ही! कहें तो यह अठन्नी भी पान में ही डाल दूं सरकार?
हां, डाल दे।
फिर वह चौंके
अबे, क्या मजाक कर रिया है मुझसे? तेरी यह बकरानुमा दाढ़ी पकड़कर दुकान से नीचे उतारूंगा और इतने डण्डे लगाऊंगा कि छ: महीने तक तशरीफ रखने के काबिल नहीं रहेगा।
ग... गलती हो गई साहब!
तभी-
भड़ाम
अबे, यह क्या हुआ?
बम फट चुका था। टिकट काउंटर के निकट बड़ा ही दर्दनाक दृश्य था।

कुछ ही देर में वहां पुलिस की गाड़ियां और एम्बुलेंस पहुंच गई।
पीं...पीं...
खड़गसिंह चिल्लाकर अपने आदमियों को निर्देश दे रहा था।
पहले घायलों की चिंता करो। एम्बुलेंस में पहुंचाओ सबको।
हवलदार बहादुर ने निकट पहुंचकर सैल्यूट दिया।
सर!
जब बम फटा, तुम कहां थे?
मैं जरा पान खाने चला गया था साहब!
क्या?
तुम यहां पान खाने आए थे या ड्यूटी देने।
दफा हो जाओ, तुमसे बाद में पूछूंगा मैं।
शाम को हवलदार बहादुर की पेशी कमिश्नर साहब के सामने हुई।
हवलदार बहादुर! बड़े शर्म की बात है। अगर तुमने अपनी ड्यूटी ठीक से निभाई होती तो शायद यह दुर्घटना न होती।
मैं लज्जित हूं सर! और वादा करता हूं कि बम फोड़ने वाले अपराधियों को गिरफ्तार किए बिना चैन से नहीं बैठूंगा।
न जाने क्यों, मुझे तुम पर दया आ जाती है। इस बार भी मैं तुम्हें एक मौका दे रहा हूं, अगर अपराधी गिरफ्तार न हुए तो मैं तुम्हारे खिलाफ एक्शन जरूर लूंगा।
अपराधी जरूर गिरफ्तार होंगे सर! मैं उन्हें कान से पकड़कर आपके सामने लाऊंगा।

घर की ओर जाते हुए हवलदार बहादुर सोच में डूबे हुए थे।
कमिश्नर साहब के सामने डींग तो हांक आया हूं, मगर उन अपराधियों को ढूंढूंगा कहां? वैसे भी आतंकवादी तो अपने दुश्मन को देखते ही गोली मार देते हैं, अगर मुझे भी मार डाला तो बेचारी चम्पाकली विधवा हो जाएगी।
फिर वे बेध्यानी में चलते हुए अपने मोहल्ले के निकट फुटपाथ पर खड़ी एक मोटर साइकिल से टकरा गये।
आह! किसकी है यह फटफटी?
सलाम हवलदार जी। चोट ज्यादा तो नहीं लगी?
चोट के बच्चे, यह फटफटिया तेरी है?
माफ कीजिए सरकार! दुकान में जगह की कमी है, इसलिए खड़ी कर दी। अपना सेल-परचेज का धंधा है न, पुरानी गाड़ियां ठीक करके बेच देते हैं। एकाध आप भी खरीद लीजिए।
चुप। मुझे नहीं खरीदनी।
खरीद लीजिए सरकार! बहुत सस्ती दे दूंगा। वैसे भी आपकी साइकिल तो बेकार हो चुकी है। सुबह मैंने देखा था, साइकिल आपके ऊपर सवारी कर रही थी।
साइकिल तो अपनी बेकार हो ही गई है, मगर मैं तो मोपेड खरीदना चाहता हूं।
मोपेड भी है जी मेरे पास। दुकान में खड़ी है। आइये, दिखाता हूं।
यह बंदा रौब में आ गया है। गाड़ी सस्ती दे देगा।
चलो दिखाओ।

मैकेनिक उन्हें दुकान में लेकर आया।
देखिए, यह रही।
यह खटारा।
खटारा नहीं है साहब। एकदम फर्स्टक्लास इंजन है इसका, अगर न चले तो वापस कर दीजिए। आपको तो मैं किस्तों पर भी देने के लिए तैयार हूं।
अच्छा ठीक है। दो दिन मैं इसकी ट्राई करता हूं, अगर चल गई तो आकर सौदा कर लूंगा।
मैकेनिक ने तुरन्त मोपेड दुकान से बाहर निकाली और स्टार्ट करके उनके हवाले कर दी।
ले जाइये सरकार! बहुत अच्छा पीस है, याद करेंगे।
फट... फट...
मगर यह तो बहुत तेज आवाज कर रही है।
सस्ती है, इसलिए थोड़ी आवाज तो करेगी। ही... ही... ही! हवलदार जी, अब तो मैं फुटपाथ पर गाड़ियां खड़ी कर सकता हूं न?
हां, कर सकते हो।
और वह मोपेड पर सवार होकर चल दिये।
फट... फट... फट...
घर पहुंचकर—
ओय चम्पाकली! देख, मैं क्या लेकर आया हूं?
फटफटी! कहां से लाए जी?

खरीदकर लाया हूं। कैसी है?
बिल्कुल तुम्हारे जैसी। यह भी मेरा बोझ नही संभाल सकेगी! ही-ही-ही!
चुप। यह मैं तेरे लिए नहीं लाया हूं। इस पर सवार होकर मैं अपराधियों को पकडूंगा। जासूसी के काम में ऐसी ही सवारी की जरूरत बहुत पड़ती है।
अच्छा-अच्छा जासूस साहब! चलो, खाना खा लो।
अगली सुबह जब चम्पाकली रसोई में नाश्ता बनाने चली गई तो हवलदार ने चारपाई के नीचे से अपना संदूक निकाला, जिसमें उनका मेकअप का सामान रखा था।
आज भेष बदलकर आतंकवादियों की तलाश में निकलूंगा।
कुछ ही देर में वह भेष बदलकर तैयार हो गये।
ही-ही-ही! बिल्कुल चौधरी लगता हूं।
तभी—
आंय! यह मुआ कौन है? घर में कैसे घुस आया?
चोर है शायद। अभी बताती हूं।

धाड़
हाय मरा...!
हवलदार बहादुर लड़खड़ा कर जमीन पर जा गिरे।
हाय राम! यह तो ये हैं... चोट तो नहीं लगी जी!
ह...हवा... लात में बंद करके सड़ा दूंगा तुझे, डंडा क्यों मारा?
तुमने यह भेष क्यों बनाया? मुझे गलती लग गई। चोर समझकर ठोक दिया। ही-ही-ही!
ऊपर से हंसती है, बदतमीज कहीं की। जानती नहीं, मैं भेष बदलकर आतंकवादियों की तलाश में जा रहा हूं।
ही-ही-ही! हा— हा— हा! तो कार्टून बनकर क्यों जा रहे हो जी?
चुप। जासूसी ऐसे ही की जाती है।
सारा मूड खराब कर दिया कम्बख्त ने।
और वह क्रोध के कारण बिना नाश्ता किए ही मोपेड पर सवार होकर चल दिये थे।
आंय! सड़कों पर सन्नाटा क्यों है? क्या लोग आतंकवादियों के डर से घरों में छुपे हुए बैठे हैं?
दरअसल यह रविवार की सुबह थी। लोग घरों में टी.वी. पर एक लोकप्रिय धारावाहिक देख रहे थे, इसलिए सड़कों पर भीड़ नहीं थी।
कुछ ही देर बाद-
अरे! इंजन को क्या हो गया?
पिट..पिट... फटाक...

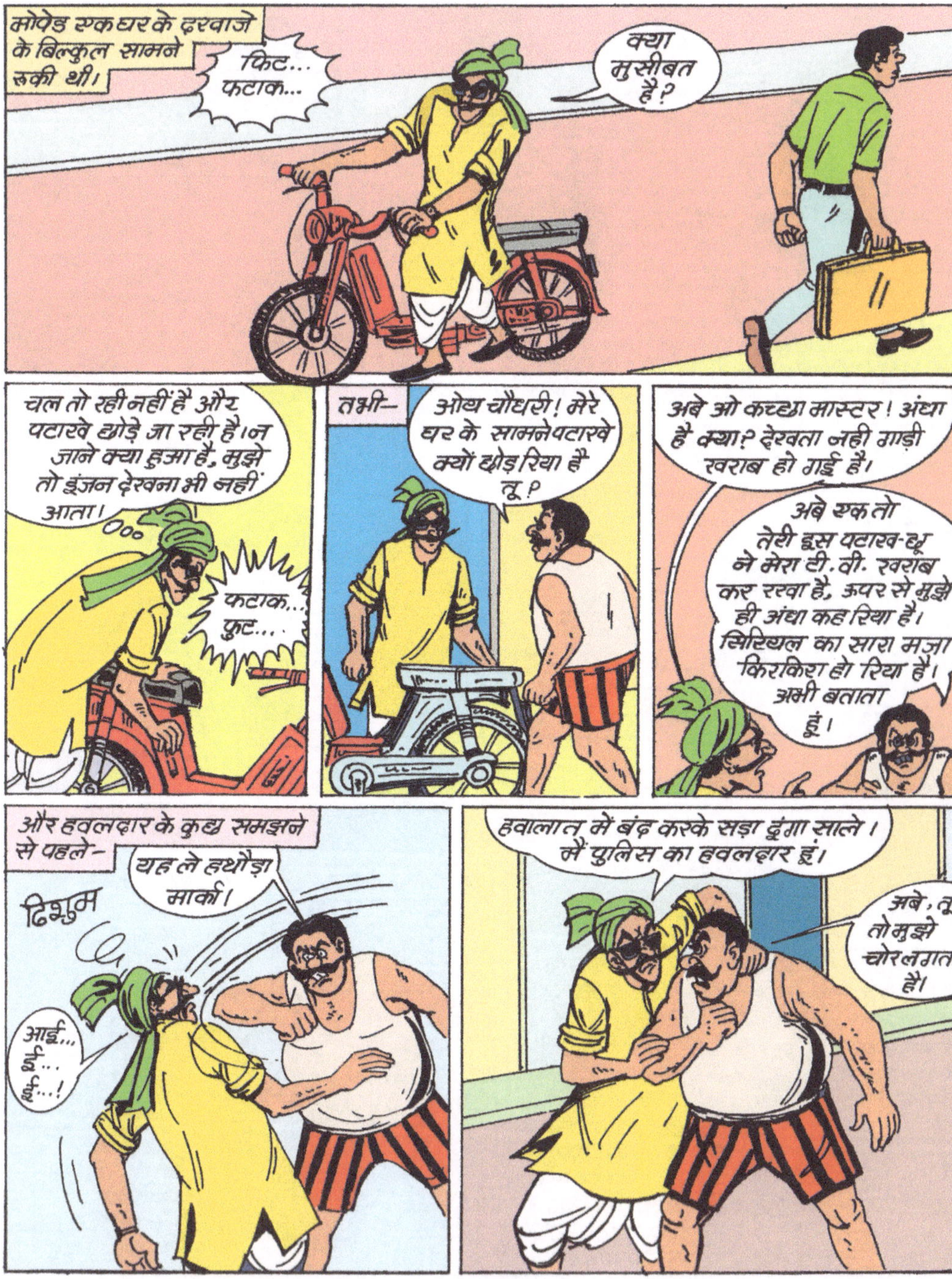
मोपेड एक घर के दरवाजे के बिल्कुल सामने रुकी थी।
फिट... फटाक...
क्या मुसीबत है?
चल तो रही नहीं है और पटाखे छोड़े जा रही है। न जाने क्या हुआ है, मुझे तो इंजन देखना भी नहीं आता।
फटाक... फुट...
तभी–
ओय चौधरी! मेरे घर के सामने पटाखे क्यों छोड़ रिया है तू?
अबे ओ कच्छा मास्टर! अंधा है क्या? देखता नही गाड़ी खराब हो गई है।
अबे एक तो तेरी इस पटाख-फू ने मेरा टी.वी. खराब कर रखा है, ऊपर से मुझे ही अंधा कह रिया है। सिरियल का सारा मजा किरकिरा हो रिया है। अभी बताता हूं।
और हवलदार के कुछ समझने से पहले–
यह ले हथौड़ा मार्का।
ढिशुम
आई... ई... ई...!
हवालात में बंद करके सड़ा दूंगा साले। मैं पुलिस का हवलदार हूं।
अबे, तू तो मुझे चोर लगता है।

और–
हाय मरा।
अगर तू पुलिस हवलदार है तो कल से वर्दी पहनकर आइयो इस मोहल्ले में। अब उठा अपनी फटफटी और फूट ले यहां से।
छ... छोड़ूंगा नहीं... आह...!
मोटा उन्हें ठोक-पीटकर अपने घर में चला गया था।
अब यहां गाड़ी स्टार्ट करना ठीक नहीं है। वह मोटा बहुत डेंजरस आदमी है, कल आकर पूछूंगा साले से।
इस बीच उनकी मोपेड का इंजन खुद ही बंद हो गया था।
तभी एक गली से दो युवक निकले।
अगर किसी ने हमें गठरी रखते हुए देख लिया तो?
कोई नहीं देखेगा यार! इस वक्त तो पूरा शहर टी. वी. देखने में व्यस्त है।
आंय। यह गठरी कहां रखने जा रहे हैं और इस गठरी में क्या है?
आंय! बम भी हो सकता है। अरे बाप रे।
कुछ दूर जाने के बाद–
यहीं डाल देता हूं यह कूड़ा।
जरूर कुछ गड़-बड़ है।

और हवलदार ने उन्हें जोर से पुकारा।
अबे ओय, क्या है इस गठरी में?
भागो।
दौड़कर वह दोनों एक गली में घुस गये।
अबे ठहरो... रुक जाओ... वरना हवालात में बंद करके सड़ा दूंगा सालो।
गली में घुसकर दोनों युवक न जाने कहां गायब हो गये थे।
भागा गये साले, मगर वह गठरी? उसमें जरूर बम होगा। मुझे हैडक्वार्टर सूचना देनी चाहिए।
एक घर के भीतर टेलीफोन के तार जाते देखकर उन्होंने दरवाजा ठोका था।
क्या है?
फ...फोन करना है।
फोन तेरे बाप ने लगवाया है यहां। साले, मैं सिरियल देख रहा था। आ गया फोन करने।
तड़ाक
उफ!

अबे ओय, मैं सरकारी आदमी हूं। थप्पड़ का हिसाब बाद में ले लूंगा। पहले मेरी बात सुन ले, तुम्हारे मोहल्ले में आतंकवादियों ने बम रख दिया है।
बम... कहां ?
गली के बाहर एक गठरी में रखा है। इससे पहले कि वह फट जाए, मुझे पुलिस को फोन करने दे। मैं हवलदार हूं।
आइये जी आइये! मे...मुझसे गलती हो गई।
वह व्यक्ति उन्हें भीतर ले गया। हवलदार ने फोन पर अपने थाने का नम्बर मिलाया और दूसरी ओर से खड़गसिंह की आवाज सुनते ही बोले-
सर! हवलदार बहादुर स्पीकिंग फ्रॉम रेगड़पुरा...।
क्या बात है?
बम सर! गठरी में बम है।
बम ?
जी हां!
हवलदार ने कुछ इस तरह से रिपोर्ट दी थी, मानो वह बम को देख चुके हों।
ठीक है हवलदार बहादुर! मैं बम डिस्पोजल एक्सपर्ट को लेकर जल्दी ही वहां पहुंच रहा हूं। इस बीच तुम उस गठरी पर नजर रखो। किसी को उसके पास न जाने देना।
ठीक है साहब! जल्दी आ जाइये।

इस बीच उस घर के मालिक ने बाहर सारे मोहल्ले वालों को जमा कर लिया था।
पीछे हट जाओ सब।
उस गठरी में बम है।
फोन करने के बाद हवलदार बहादुर भी वहां पहुच गये।
ओय, सब पीछे हट जाओ।
तू कौन है बे?
अबे ओय, घूंसा मारकर बत्तीसी पेट में उतार दूंगा साले। मैं पुलिस हवलदार हूं, तमीज से बात कर।
हां भाई, यह पुलिस है।
गलती हो गई जी!
तभी—
पीं...पीं...
हट जाओ, पुलिस आ गई है।
हवलदार तुरन्त आगे बढ़े-
सर!
कौन हो तुम?

ही-ही-ही! आप भी धोखा खा गये न सर? मैं हूं हवलदार बहादुर!
यह क्या हुलिया बना रखा है? खैर, बाद में बात करूंगा। बम कहां है?
वह गठरी देखिए सर! मेरी आंखों के सामने दो आतंकवादियों ने गठरी वहां रखी। मैंने उनका पीछा भी किया, मगर वह भाग गये।
अभी पता चल जाएगा उस गठरी में क्या है?
बम डिस्पोजल विशेषज्ञ मिस्टर गुप्ता गठरी के निकट पहुंचे।
कोई सिगनल तो मिल नहीं रहा।
गठरी खोलकर देखिए मिस्टर गुप्ता!
अभी खोलता हूं। आप जरा लोगों को और दूर हटा दीजिए।
हवलदार बहादुर सबसे पहले पीछे हटकर दूर जा खड़े हुए थे।
बापरे! अगर बम फट गया तो इस गुप्ता के तो परखचे उड़ जायेंगे।

कुछ ही क्षण बाद-
अरे! इसमें तो कूड़ा है।
कूड़ा?
वाह इंस्पेक्टर साहब! यह भी खूब रही। आपके हवलदार ने किसी को कूड़े की गठरी फेंकते देखा होगा और समझ लिया कि इसमें बम है।
हवलदार बहादुर...!
ग...गलती हो गई साहब! मगर वह दोनों कुछ ऐसी ही बात कर रहे थे कि...।
चुप। मैं तुम्हारी मूर्खताओं से तंग आ चुका हूं।
माफी हुजूर! आगे से कोई मूर्खता नहीं करूंगा।
दफा हो जाओ यहां से और अपना हुलिया ठीक करके थाने पहुंचो, वहीं बात करूंगा मैं तुमसे।
थाने में खड़गसिंह ने सबके सामने हवलदार को जबरदस्त फटकार लगाई।
तुम्हारे जैसा गधा पुलिसमैन बनने योग्य नहीं है। तुमसे कहा किसने था जासूस बनने के लिए, अगर दोबारा तुमने ऐसी हरकत की तो वर्दी उतरवा दूंगा तुम्हारी।

डांट-फटकार लगाकर खड़गसिंह तो अपने दफ्तर में घुस गया, लेकिन सिपाही रतनसिंह, जिसे हवलदार बहादुर को छेड़ने में मजा आता था, उसके निकट आया।
हे...हे...हे! आज तो आपकी सारी धूल झड़ गई हवलदार जी! अब तो मान ही लीजिए कि जासूसी आपके बस का रोग नहीं है।
तमीज से बात कर रतनसिंह! मैं हवलदार हूं और तू सिपाही।
हांजी, आप हवलदार हैं। तभी तो रोज-रोज अफसरों के जूते खाते हैं। हे...हे... हे...ही...ही...ही!
रतनसिंह!
हवलदार बहादुर को बड़े जोर का गुस्सा आया था।
और-
जान से मार दूंगा साले।
अरे...अरे!
निकट खड़े सिपाही उनकी ओर दौड़े।
छोड़ दो हवलदार जी!
हटो रतनसिंह!
साले, आगे से बद्तमीजी की तो गर्दन तोड़ दूंगा तेरी। सिर पर इतने जूते लगाऊंगा कि टांट गंजी हो जाएगी। गुर्र...।
मैं भी तेरी हवलदारी निकाल दूंगा।

सिपाही हवलदार को समझा-बुझाकर वहां से ले गये।
हवलदार बहादुर! तूने मुझ पर हाथ उठाया है। मैं भी तुझे नहीं छोड़ूंगा। ऐसी चाल चलूंगा कि तेरी यह नौकरी ही नहीं रहेगी।
उधर शहर की एक व्यस्त मार्किट में एक आतंकवादी मौत का जाल बिछा रहा था।
यह जगह ठीक है। बूथ में बम रख देता हूं।
PUBL
CAL
बूथ में घुसकर उसने ब्रीफकेस नीचे रखा और फोन पर नम्बर घुमाने का अभिनय करने लगा।
बाहर से देखने पर ऐसा ही लगता था, जैसे वह किसी से फोन पर बात कर रहा है।
कुछ देर बाद वह ब्रीफकेस अन्दर ही छोड़कर बाहर निकल आया।
बम फटने में बहुत कम समय है, अगर किसी ने लावारिस ब्रीफकेस देखकर पुलिस को सूचना दे भी दी, तब भी पुलिस के यहां पहुंचने से पहले ही बम फट जाएगा।

वह व्यक्ति तेजी से एक तरफ चल दिया था। वह कुछ ही दूर गया था कि एक गाड़ी उसके निकट आकर रुकी।
आ जाओ।
इसके दो मिनट बाद ही-
भड़ाम
बम फटने की सूचना मिलते ही इंस्पेक्टर खड़गसिंह घटना स्थल पर जाने के लिए निकला।
सर! मैं भी आपके साथ चलूंगा।
नहीं, मुझे तुम्हारी जरूरत नहीं है।
लेकिन सर!
बोर मत करो हवलदार! तुम किसी काम के नहीं हो। जाओ, अपनी सीट पर जाकर सो जाओ।
उल्लू का चर्खा। बड़ा इंस्पेक्टर बना फिरता है। मुझसे जरा-सी गलती क्या हो गई, मेरे पिछले सारे कारनामे भूल गया। काश! इसकी जीप में भी एक बम फट जाए। गुर्र... गुर्र...!

और यह बात इस घटना के दो दिन बाद की है। जब से हवलदार बहादुर को मोपेड मिली थी, उन्होंने नियम बना लिया था कि शाम को छुट्टी के बाद सब्जी वगैरह खरीदने सब्जीमण्डी पहुंच जाते थे। यहां से उन्हें सब्जी सस्ती मिल जाती थी।
मण्डी में बहुत भीड़ थी।
हवलदार एक दुकान पर पहुंचे।
ओ भाई! यह लम्बी तोरई क्या भाव है?
ही...ही...ही! जनाब, यह तोरई नहीं चचेड़े हैं। दे दूं?
चचेड़े? अबे मजाक कर रिया है क्या? यह क्या नाम हुआ सब्जी का?
ही-ही-ही! आप सब्जी की बात कर रहे हैं जनाब। मैंने तो अपने छोटे बेटे का नाम भी चचेड़ा रख छोड़ा है। हे...हे...हे...!
तभी—
हवलदार जी! जरा मेरे साथ चलिए।
क्या है बे, कहां ले जायेगा मुझे?

इधर तो आइए। मैं बहुत देर से किसी पुलिस वाले को ढूंढ़ रहा था।
क्यों? क्या फांसी लगाएगा पुलिस वाले को?
कैसी बात करते हो जी! मैं तो एक सूचना देना चाहता हूं। मैंने एक संदिग्ध व्यक्ति को एक जगह रखी हुई बहुत-सी आमों की पेटियों के निकट घूमते देखा है।
संदिग्ध व्यक्ति? कहां है?
वह युवक उन्हे एक जगह लेकर आया, जहां किसी ट्रक से उतारी गई आमों की पेटियों का ढेर लगा हुआ था।
यहां देखा था मैंने उसे।
मगर वह कौन था? और क्या कर रहा था?
एक युवक था साहब! वह उन पेटियों के ढेर में सबसे ऊपर की पंक्ति में किनारे पर रखी पेटी का ढक्कन उखाड़ने की कोशिश कर रहा था।
ढक्कन उखाड़ रहा था? फिर तो वह कोई आम चुराने वाला होगा।
नहीं जी, वह तो कोई खतरनाक आदमी लगता था।
अच्छा, मैं देखता हूं।

युवक को वहीं छोड़कर हवलदार पेटियों के निकट पहुंचे और किनारे पर रखी पेटी के ढक्कन को हाथ लगाया तो वह ऊपर उठ गया।
अरे हां, पेटी तो खुली हुई है।
उन्होंने पेटी के अन्दर झांका।
ब...बाप...रे...बम !
हवलदार लपककर वापस युवक के पास आए।
उ...उस पेटी में तो बम है।
ब...बम।
चिल्लाओ मत। लोगों ने सुन लिया तो दहशत फैल जाएगी। मैं यहीं खड़ा हूं, तुम जाकर पुलिस हैडक्वार्टर फोन करके सूचना दे दो।
आप ही दे दो जी सूचना ! म... मुझसे तो अब बोला भी नहीं जा रहा।
अच्छा, तुम यहीं खड़े रहना और किसी को उस पेटी को हाथ न लगाने देना। मैं फोन करके आता हूं।
ठीक है जी !

हवलदार के जाते ही वह युवक लपककर उस पेटी के निकट पहुंचा और पेटी उठाकर एक तरफ को चल दिया।
अपना काम तो हो गया। सिपाही रतनसिंह ने इस काम के लिए पचास रुपये देने का वादा किया था। उसे जाकर बताता हूं कि हवलदार को मूर्ख बना आया हूं।
युवक के जाने के दो मिनट बाद ही एक कार पेटियों के ढेर के निकट आकर रुकी।
कुछ क्षण बाद एक युवक कार से एक पेटी लेकर उतरा।
यह पेटी उसने ठीक उसी जगह पर रख दी, जहां से पहला युवक पेटी उठाकर ले गया था और वापस अपनी कार में जा बैठा।

उधर हवलदार बहादुर फोन पर खड़गसिंह से कह रहा था।
सर! मैं चम्पाकली की सौगन्ध खाकर कहता हूं। मैंने अपनी आंखों से पेटी में बम देखा है।
अच्छी तरह सोच लो हवलदार! इस बार तुम्हारी नौकरी जा सकती है।
आप भी कमाल करते हैं सर! चम्पाकली मुझे नौकरी से अधिक प्रिय है। मैंने उसकी सौगन्ध खाई है, फिर भी आपको विश्वास नहीं आता।
अच्छा, मैं आता हूं।
हवलदार जब वापस उस स्थान पर पहुंचे।
आंय! वह बंदा कहां गया?
शायद बम फटने के डर से भाग गया है।
हवलदार के वहां पहुंचते ही सफेद कार में बैठे लोग घबरा गये और-
जूमऽऽऽ..
जैसे ही वह कार सड़क पर पहुंची।
पीं..!

तुरन्त ही-
अरे! वह सफेद कार अचानक वापस क्यों मुड़ गई?
उसमें तीन व्यक्ति सवार हैं सर!
मुझे तो संदेह हो रहा है, अगर सब्जी मण्डी न पहुंचना होता तो उनका पीछा करते। अब मैं वायरलैस पर हैडक्वार्टर संदेश भेजता हूं।
और उसने वायरलैस पर सफेद गाड़ी के बारे में हैडक्वार्टर को सूचना दे दी।
पुलिस की गाड़ी सब्जी मण्डी पहुंची तो हंगामा मच गया।
???
पीं... पीं...
अरे! क्या हुआ?
पुलिस क्यों आई है?
कोई गड़बड़ हो गई है क्या?
तभी —
सर...!
कहां है वह पेटी?
साहब! इसके भीतर बम रखा है, जिसमें घड़ी भी जुड़ी हुई है।
अभी देखता हूं।

खड़गसिंह ने पेटी का ढक्कन उठाना चाहा तो उसे कीलों से बंद पाया।
यह तो बंद है। तुमने तो फोन पर कहा था कि पेटी खुली हुई है।
ज...जब मैंने देखा तो खुली हुई थी जी!
तो फिर इसे बंद कौन कर गया?
प...पता नहीं।
आप लोग हटिए, मैं चैक करता हूं।
विशेषज्ञ ने वह पेटी उतार कर नीचे रखी और उसके चारों तरफ बम डिटेक्टर घुमाकर देखा।
अगर पेटी में बम नहीं निकला तो अपनी नौकरी गई समझना तुम?
ज...जी!
इस बीच खड़गसिंह के साथ आए सिपाहियों ने वहां से भीड़ को दूर हटा दिया था।
विशेषज्ञ मिस्टर गुप्ता अपने काम में लगे हुए थे।
हे भगवान! एक बम जरूर निकाल दियो।
पेटी खुली तो उसमें आम रखे नजर आए।
आम! तुम इन्हें बम बता रहे थे?
न... नहीं...!
मिस्टर गुप्ता अब उन आमों पर बम डिटेक्टर घुमा रहे थे।

फिर उन्होंने बड़ी सावधानी से एक-एक आम पेटी से निकालना शुरू किया।
आमों की पहली तह हटते ही खड़गसिंह चौंक पड़ा था।
माई गॉड! इसमें तो सचमुच बम है।
अरे हां।
मिस्टर गुप्ता ने बहुत सावधानी से बम के साथ जुड़े घड़ी के तार काट डाले और बम बेकार हो गया।
थैंक्स गॉड!
मिस्टर गुप्ता ने उठकर माथे का पसीना पोंछा।
आज तो आपके हवलदार ने कई लोगों का जीवन बचा लिया। बड़ा ही खतरनाक बम था।
यह तो ठीक है, मगर इसने तो कहा था कि पेटी खुली हुई है और यह बम देखकर फोन कर रहा है?
मैंने तो सच ही कहा था। पता नहीं यह क्या गड़बड़ हुई है, लेकिन जब बम मिल ही गया है तो खड़गसिंह मेरा क्या बिगाड़ लेगा?

ही-ही-ही! साहब जी! अगर मैं आपसे यह न कहता तो आप मेरी बात का विश्वास न करते। दरअसल, मैंने अपनी जासूसी द्वारा ही इस बम का पता लगाया था। हे... हे... हे...!
तू पता नहीं क्या चीज है भाई?
तभी—
सर! वायरलैस पर संदेश आया है कि उस सफेद कार को रोक लिया गया है। उसमें सवार तीनों व्यक्ति वही आतंकवादी निकले, जिनके लिए शहर में रेड एलर्ट घोषित किया गया है।
ओह! तो वह यहां बम रख कर भाग रहे थे।
और हवलदार बहादर ने तुरन्त अपना तुक्का फिट कर दिया।
मैंने सफेद कार को भी देखा था साहब! मगर उनका पीछा करने की बजाय मैंने आपको सूचना देनी ज्यादा जरूरी समझी। आखिर आप मेरे अफसर हैं।
तुमने बहुत अच्छा किया हवलदार!
हे... हे... हे...! अब इस लल्लू को क्या बताऊं कि मैंने क्या अच्छा किया है? अगर पेटी से बम न निकलता तो यह भाई तो मेरा बुरा हाल कर डालता। भाग्य साथ दे गया आज फिर। हे... हे... हे...!
सिपाही रतनसिंह को जब यह खबर मिली तो उसने अपना माथा पीट लिया।
पता नहीं किस चीज से किस्मत लिखवा कर लाया है यह हवलदार का बच्चा! मैंने तो इसे फसाने के लिए दांव खेला था और यह वाह-वाही लूट रहा है। खैर, फिर सही। बदला तो इससे लेना ही है।

पहचानिए—हवलदार बहादुर के कॉमिक्स के खलनायकों को